KB274794

기억하라

사랑하는 이가 있다는 것을

기억하라
사랑하는 이가 있다는 것을

신현운 엮음

개정 1쇄 인쇄 | 2009년 8월 10일
개정 1쇄 발행 | 2009년 8월 15일

엮은이 | 신현운
펴는곳 | 연인M&B
디자인 | 이희정
기 획 | 여인화
등 록 | 2000년 3월 7일 제2-3037호
주 소 | 143-874 서울특별시 광진구 자양동 680-25호(2층)
전 화 | (02)455-3987 팩스 | (02)3437-5975
홈주소 | www.yeoninmb.co.kr
이메일 | yeonin7@hanmail.net

값 10,000원

저자와의 협의에 의하여 인지는 생략합니다.
ⓒ 신현운 2009 Printed in Korea

ISBN 978-89-6253-029-2 03810

기억하라,

사랑하는 이가 있다는 것을

신현운 엮음

우리는 누군가에게
아주 소중한 사람입니다.
기억하십시오,
사랑하는 이가 있다는 것을…….

2009. 07. 엮은이

당신이 날 사랑해야 한다면

당신이 날 사랑해야 한다면 오로지
사랑을 위해서만 사랑해 주세요
'난 저 여자를 사랑해
미소 때문에 예쁘기 때문에
부드러운 말씨 때문에
나와 꼭 어울리기 때문에
어느 날 즐거움을 주었기 때문에' 라고
말하지 마세요
그러한 것은 그 자체가 변하거나
당신으로 하여금 변할 테니까요
그처럼 짜여진 사랑은 그처럼 풀려 버릴 거예요
내 뺨의 눈물을 닦아주는 당신의 사랑어린 연민으로
날 사랑하진 마세요
당신의 위로를 오래 받았던 사람은 울기를 잊어 버려
당신의 사랑을 잃을지도 모르니까요
오로지 사랑을 위해 날 사랑해 주세요
그래서 언제까지나
당신이 사랑할 수 있게
영원한 사랑을 위해.

_브라우닝

기억하라, 사랑하는 이가 있다는 것을

길이 너무 멀어 보일 때
어둠이 밀려올 때
모든 일이 다 틀어지고
친구를 찾을 수도 없을 때
그때는 기억하라
네게 사랑하는 이가 있다는 것을

웃음 짓기 힘들고
기분이 울적할 때
날아 보려 날개를 펴도
날아오를 수 없을 때
그때는 기억하라
네게 사랑하는 이가 있다는 것을

시간은 벌써 다 달아나 버리고
시작하기도 전에 끝나 버릴 때
조그만 일들이 당신을 가로막아
아무 일도 할 수 없을 때
그때는 기억하라
네게 사랑하는 이가 있다는 것을

사랑하는 이가 멀리 떠나고
홀로 되었을 때
어떤 말을 해야 할지 모를 때
혼자 있다는 사실이 한없이 두려울 때
그때는 기억하라
네게 사랑하는 이가 있다는 것을.

_핀치즈

서시

죽는 날까지 하늘을 우러러
한 점 부끄럼이 없기를,
잎새에 이는 바람에도
나는 괴로워했다
별을 노래하는 마음으로
모든 죽어가는 것을 사랑해야지
그리고 나한테 주어진 길을
걸어가야겠다

오늘 밤에도 별이 바람에 스치운다.

_윤동주

그 무엇도 우리를 갈라놓을 수 없습니다

숨이 멎을 것 같은 전율
그 가슴 벅찬 깨달음
너무나 익숙한 느낌

그대를 처음 본 순간
나는 알아 버렸습니다
그리고 나의 사랑은 시작되었습니다
그날의 떨림은
지금까지도 내 가슴에 생생하게 남아 있습니다
달라진 게 있다면 단지
천 배는 더 깊고
천 배는 더 애틋해졌다는 것뿐입니다

영원으로부터 영원까지
그대를 사랑합니다
이 세상에 태어나기 전부터
그대를 만나기 훨씬 전부터
나는 그대를 사랑하고 있었나 봅니다
그대를 처음 본 순간
나는 그것을 알아 버렸습니다

운명
그대와 나의 사랑은 운명이기에
그 무엇도 우리를 갈라놓을 수 없습니다.

_칼릴 지브란

연서

이 세상에서 당신을 사랑하는 사람이
백 사람 있다면 그중 한 명은 나입니다

이 세상에서 당신을 사랑하는 사람이
열 사람 있다면 그중의 한 명은 나입니다

이 세상에서 당신을 사랑하는 사람이
한 사람밖에 없다면 그건 바로 나입니다

이 세상에서 당신을 사랑하는 사람이
한 사람도 없다면 그건 내가 이 세상에 없기 때문입니다.

_프란체스카

Boo Girl

무지개

하늘에 무지개를 바라보면
내 마음 뛰노나니,
나 어렸을 때도 그러하였고
어른 된 지금도 그러하거늘
나 늙어서도 그럴 것이다
그렇지 않다면 난 죽으리라

어린이는 어른의 아버지,
원컨대 내 생애의 하루하루가
순진한 경건으로 이어가기를…….

_워즈워스

알 수 없어요

바람도 없는 공중에 수직의 파문을 내며 고요히 떨어지는 오동잎은 누구의 발자취입니까?

지리한 장마 끝에 서풍에 몰려가는 무서운 검은 구름의 터진 틈으로, 언뜻언뜻 보이는 푸른 하늘은 누구의 얼굴입니까?

꽃도 없는 깊은 나무에 푸른 이끼를 거쳐서, 옛 탑 위의 고요한 하늘을 스치는 알 수 없는 향기는 누구의 입김입니까?

근원은 알지도 못할 곳에서 나서 돌부리를 울리고, 가늘게 흐르는 작은 시내는 굽이굽이 누구의 노래입니까?

연꽃 같은 발꿈치로 가이 없는 바다를 밟고, 옥 같은 손으로 끝없는 하늘을 만지면서 떨어지는 해를 단장하는 저녁놀은 누구의 시입니까?

타고 남은 재가 다시 기름이 됩니다
그칠 줄 모르고 타는 나의 가슴은 누구의 밤을 지키는 약한 등불입니까?

_한용운

너는 한 송이 꽃과 같이

너는 한 송이 꽃과 같이
그다지도 귀엽고 예쁘고 깨끗하여라
너를 보고 있으면 서러움은
나의 가슴속까지 스며드누나

하나님이 너를 언제나 이대로
밝고 곱고 귀엽도록 지켜주시길
네 머리 위에 두 손을 얹고
나는 빌고만 싶어지누나.

_하이네

당신을 사랑하기에

당신을 사랑하기에 지난밤 나는
그토록 설레며 당신에게 속삭였지요
당신이 나를 영원히 잊지 못하도록
당신의 마음을 따왔지요

당신의 마음은 나와 함께 있으니
좋든 싫든 오로지 내 것이지요
설레며 불타오르는 내 사랑
어떤 천사라도 그대를 빼앗아 가진 못해요.

_헤르만 헤세

사랑하는 사람 가까이

희미한 햇빛 바다에서 비쳐올 때
나 그대 생각하노라
달빛 휘영청 샘물에 번질 때
나 그대 생각하노라

저 멀리 길에서 뽀얀 먼지 일 때
나 그대 모습 보노라
어두운 밤 오솔길에 나그네 몸 떨 때
나 그대 모습 보노라

물결 높아 파도소리 아득할 때
나 그대 소리 듣노라
고요한 숲 속 침묵의 경계를 거닐며
나 귀를 기울이노라

나 그대 곁에 있노라, 멀리 떨어졌어도
그대 내 가까이 있으니
해 저물면 별아, 나를 위해 곧 반짝여라
오오, 그대 여기 있다면.

_괴테

사모

사랑을 다해 사랑하였노라고
정작 해야 할 말이 있음을 알았을 때
당신은 이미 남의 사람이 되어 있었다
불러야 할 뜨거운 노래를 가슴으로 죽이며
당신은 멀리 잊어지고 있었다
하마 곱스런 눈웃음이 잊혀지기 전
두고 두고 아름다운 여인으로 잊어 달라지만
남자에게 있어 여자란 기쁨 아니면 슬픔
다섯 손가락 끝을 잘라 핏물 오선을 그어
혼자서도 외롭지 않을 밤에 울어 보리라
울어서 멍든 눈흘김으로
미워서 미워지도록 사랑하리라
한 잔은 떠나 버린 너를 위해
한 잔은 너와의 영원한 사랑을 위해
또 한 잔은 이미 초라해진 나 자신을 위해
그리고 마지막 한 잔은
이미 알고 정하신 하느님을 위해.

_조지훈

언제나 당신이 나만을 생각한다면

당신이
나에게 말했던 것처럼
당신이 언제나
나만을 생각한다는 것이 진실이라면,
우리 서로가 비록
가까이 있지 않을 때라도
우리의 영혼을
끊임없이 함께 있게 만드는
이 감미롭고 친밀한 생각의 일치를
신뢰하는 것은
나의
가장 큰
행복 중의 하나예요.

_빅토르 위고

사랑이란

사랑이란 생각이다
사랑이란 기다림이다
사랑은 기쁨이다
사랑은 슬픔이다
사랑은 벌이다
사랑은 고통이다
홀로 있기에 가슴 저려오는 고독
사랑은 고통을 즐긴다

그대의 머릿결
그대의 눈
그대의 손
그대의 미소는
누군가의 마음을 불태워
온몸을 흔들리게 한다

꿈을 꾸듯 생각에 빠지고
그대들은
그대들의 육체에, 영혼에, 삶에
그대들의 목숨까지 바친다
둘이 다시 하나가 될 때
아, 그대들은
한 쌍의 새처럼 노래한다.

_버지니아 울프

내 안에 살고 있는 그대에게

사랑하는 그대여
이른 새벽녘 눈을 뜨면
가장 먼저 그대가 떠오릅니다
그대는 태양보다도 먼저
내 마음속에 떠올라
햇살보다도 더 먼저
내 마음을 환히 비춰주는 존재입니다

오늘 나는
그대만이 내 생애의 전부임을 느낍니다
오후 내내 그 지루한 시간들은
그리움이 있어 더욱 길게 느껴지지만
석양이 지는 계절이 오면
그대는 결코 태양보다 먼저 지지 않습니다

그대는 태양보다 더 먼저
내 마음속에 떠오르는 존재
그러나 태양보다 더 오랫동안
내 마음속에서 머물다 가는 존재입니다

내 생의 전부를 다 내어주어도
세상을 밝히는 저 태양과도
그대를 바꿀 수는 없습니다
그대는 내 안에 살고 있는 존재입니다.

_피터

내가 그의 이름을 불러주기 전에는
그는 다만
하나의 몸짓에 지나지 않았다

내가 그의 이름을 불러주었을 때
그는 나에게로 와서
꽃이 되었다

내가 그의 이름을 불러준 것처럼
나의 이 빛깔과 향기에 알맞는
누가 나의 이름을 불러다오
그에게로 가서 나도
그의 꽃이 되고 싶다

우리들은 모두
무엇이 되고 싶다
너는 나에게 나는 너에게
잊혀지지 않는 하나의 눈짓이 되고 싶다.

_김춘수

사랑의 되뇌임

사랑한다고 한 번만 더 들려주세요
다시 한 번 더
그 말을 되뇌이면
님에게 뻐꾸기 울음처럼 들리겠지만

기억해 두세요
뻐꾸기 울음 없이는 결코
상큼한 봄이 연록빛 치장을 하고
산이나 들에, 계곡과 숲에 찾아오지 않아요

님이여, 칠흑 속에서 믿기 어려운
영혼의 목소리를 들은 저는 그 의심의 틈바구니 속에서
"사랑한다고 다시 한 번 들려주세요" 하고 외쳐 봅니다

온갖 별들이
제각기 하늘을 수놓는다 해도 너무 많다고
두려워할 사람이 어디 있겠어요?

온갖 꽃들이
저마다 사철을 장식한다 해도 너무 많다고
두려워할 사람이 어디 있겠어요?

“사랑해, 사랑해, 사랑해”라고 들려주세요
그 달콤한 말을 되뇌여 주세요

다만 잊지는 마세요
말없이 영혼으로도 사랑하는 것을.

_브라우닝

사랑하는 사람에게

그대가 힘겨워할 때
힘이 되어주고 싶은 나에게

그대가 슬퍼할 때
희망을 주고 싶은 나에게

그런 사람이 되게 하여 주세요

그대가 외로울 때
곁에서 버팀목이 될 수 있게 하여 주세요

그대를 기다리는 사람이 되게 하여 주세요.

_바바라 홀

행복

사랑하는 것은
사랑을 받느니보다 행복하나니라
오늘도 나는
에메랄드빛 하늘이 환히 내다뵈는
우체국 창문 앞에 와서 너에게 편지를 쓴다

행길을 향한 문으로 숱한 사람들이
제각기 한 가지씩 생각에 족한 얼굴로 와선
총총히 우표를 사고 전보지를 받고
먼 고향으로 또는 그리운 사람께로
슬프고 즐겁고 다정한 사연들을 보내나니

세상의 고달픈 바람결에 시달리고 나부끼어
더욱더 의지 삼고 피어 헝클어진 인정의 꽃밭에서
너와 나의 애틋한 연분도
한 망울 연연한 진홍빛 양귀비꽃인지도 모른다

사랑하는 것은
사랑을 받느니보다 행복하나니라
오늘도 나는 너에게 편지를 쓰나니
그리운 이여, 그러면 안녕!

설령 이것이 이 세상 마지막 인사가 될지라도
사랑하였으므로 나는 진정 행복하였네라.

_유치환

내가 부를 노래

내 진정 부르고자 했던 노래는
아직까지 부르지 못했습니다
악기만 이리저리 켜보다
세월만 흘러갔습니다
아직 때가 되지 않았고
말도 다 고르지 못했습니다
준비된 것은 오직 바라는 마음뿐입니다

꽃은 피지 않고
바람만이 한숨 쉬듯 지나갔습니다
나는 당신의 얼굴을 보지 못했고
당신의 목소리 또한 들어 보지 못했습니다
내가 아는 것은 오직 내 집 앞을 지나는
당신의 가벼운 발걸음 소리뿐입니다

내 집에 당신의 자리를 마련하는데
오랜 시간을 보냈습니다
하지만 아직 등불을 켜지 못했으니
당신을 내 집으로 청할 수 없습니다
나는 늘 당신을 만날
희망 속에 살고 있습니다
그러나 나는 아직도 당신을
만나지 못했습니다.

_타고르

그대여

그대는 아시나요
그대가 얼마나 좋은 사람인지를

그대와 함께 지내던 날들이
얼마나 행복하고 편안했는지를

그대에 대해 가지고 있는
내 감정의 깊이를

그대를 사랑하는 것들이
얼마나 쉬운지를

그대와 헤어진다는 것은
나에게 얼마나 힘든 일인지를

그대여.

_제니퍼 수오티

내 사랑은

시간은 기다리는 사람에게는
너무나 느리게 옵니다
시간은 용기 없는 사람에게는
너무나 빠르게 옵니다
시간은 슬퍼하는 사람에게는
너무나 길게 옵니다
시간은 기뻐하는 사람에게는
너무나 짧게 옵니다
그러나 사랑하는 사람에게는
시간은 영원히 올 것입니다.

_존스베리

아가에게

1
아가의 머리맡에 햇빛이 앉아 놉니다
햇빛은 아가의 손님입니다

아가가 세상에 온 후론
비단결 같은 매일이었습니다
아직 눈도 아니 뵈는
죄그만 우리 아가

아가는 진종일 고이 잡니다
잠은 아가의 요람
아가는 잠에 안겨 자라납니다

아가는 평화의 동산
지즐대는 기쁨의 시내입니다
아가는 엄마의 등불입니다
아가 함께 있으면 훤히 밝아오는
마음이 있습니다

2
아가는 아직 이름이 없습니다
갓난 어여쁜 병아리며 강아지에게
이름이 없듯이
아가도 아직 이름이 없습니다

새벽이라 밤이라 어스름 저녁이라
허구많은 글자 속에 찾고 찾았건만
아가를 부를 아가처럼 귀여운
글자가 없었습니다
하늘의 별밭, 바다 속 진주더미
아가의 이름을 어디서 얻어 올까

아가는 아직 이름이 없습니다
머나먼 나라에서 처음으로 보내온
파란 새 흰 꽃의 이름을 모르듯이
우리 아가 이름을 모릅니다.

_김남조

낙엽

시몬, 나뭇잎 져 버린 숲으로 가자
낙엽은 이끼와 돌과 오솔길을 덮고 있다

시몬, 너는 좋아하는가, 낙엽 밟는 소리를?

낙엽 빛깔은 부드럽고, 그 소리는 너무 나직한데
낙엽은 버림받고 땅 위에 흩어져 있다

시몬, 너는 좋아하는가, 낙엽 밟는 소리를?

해질 무렵, 낙엽의 모습은 쓸쓸한데
바람에 흩어지며 낙엽은 나지막이 외친다

시몬, 너는 좋아하는가, 낙엽 밟는 소리를?

발길에 밟히면 낙엽은 영혼처럼 울고
날개 소리와 여자의 옷자락 소리를 낸다

시몬, 너는 좋아하는가, 낙엽 밟는 소리를?

가까이 오라, 우리도 언젠가는 낙엽이 되리니
가까이 오라, 날은 이미 저물고 바람은 우리를 감싸고 있다

시몬, 너는 좋아하는가, 낙엽 밟는 소리를?

_구르몽

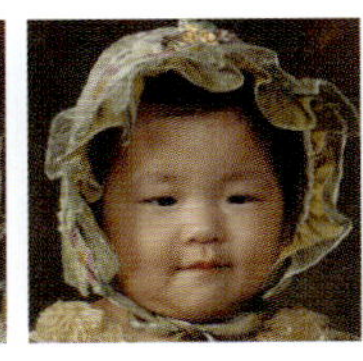

우리 사랑에는 끝이 없음을

지금까지 나는
그대를 너무나 사랑해 왔지요
그래도 내일 아침이 밝으면
그대 향한 내 사랑은 계속 자랄 것입니다
더욱 찬란하게
더욱 강하게
더욱 깊게
그리고 전보다 더욱
온화하면서도 아름답게
여전히 새날은 올 것이며
같은 기적은 계속 일어날 것입니다
우리 사랑에는 끝이 없음을 믿고 있답니다.

_로런드 호스킨스 주니어

공존의 이유

깊이 사귀지 마세
작별이 잦은 우리들의 생애

가벼운 정도로
사귀세

악수가 서로 짐이 되면
작별을 하세
어려운 말로
이야기하지
않기로 하세

너만이라든지
우리들만이라든지
이것은 비밀일세라든지
같은 말들을
하지 않기로 하세

내가 너를 생각하는 깊이를
보일 수가 없기 때문에
내가 나를 생각하는 깊이를
보일 수가 없기 때문에
내가 어디메쯤 간다는 것을
보일 수가 없기 때문에
작별이 올 때
후회하지 않을 정도로 사귀세
작별을 하며
작별을 하며
사세

작별이 오면
잊어버릴 수 있을 정도로
악수를 하세.

_조병화

그대를 사랑하는 이유

그대를 사랑하는 이유가
몇 가지나 되는지 헤아려 봐야 한다면
그 수가 너무 많아서
온 세상을 다 돌고도 남을 거예요
그대에 대한 나의 사랑을
말로나 글로 써 보라고 하면
그 말을 다 하기도 전에 내 목은 쉬고
그 글을 다 쓰기도 전에 손가락이 아파오고 말 거예요
그리고 저도 모르게 화가 나겠지요
그건 너무 힘겨운 일이니까요

하지만 그대를 향한 제 사랑에도 기적은 있을 거예요
그건 바로 사랑하는 이유를 헤아릴 필요도 없고
설명할 필요도 없으며
멋진 말로 표현할 필요도 없다는 거예요
중요한 것은
그대가 나의 사랑임을 알아주길 바라며
나의 끝없는 진실임을 알아주세요
사랑합니다……

_오버그

모든 것을 다 바쳐

얼마나 당신을 사랑하는지
말할 수는 없어요

우리 사랑의 모든 순간들을
당신에게 맞출 수는 없어요

당신을 향해 느끼는 이 복잡한 심정,
뒤엉켜 버린 이 영혼을
모두 드러낼 수는 없어요

하지만 내가 가진 모든 것은
내가 행하는 모든 것은
내 꿈의 모든 것은
그리고 나의 모든 것은
당신에 대한 사랑으로 가득합니다

나의 포옹과 배려는
수평선 너머
어딘가에 잠시 숨어 있지만
내 모든 생각과
내 모든 세상
그리고 내 몸짓의 근원은
당신을 향한
내 사랑의 표시입니다.

_라팔레트

꽃잎

책갈피 속에서 잊혀진 지 오래된
메말라 향기 잃은 꽃을 본다
문득 내 영혼은
신비한 상상 속에 빠진다

어느 곳에 피었던 꽃일까?
어느 시절, 어느 봄날에
얼마 동안 피어 있었나?
또 누가 꺾은 것일까?
낯선 손, 혹은 낯익은 손일까?
무슨 까닭에 이처럼 간직해 두었을까?

정겨운 비밀의 만남을 위해
혹은 어쩔 수 없는 이별을 위해
아니면 조용한 들판의
외로운 산책을 기억하기 위함인가?

어느 곳엔가
그와 그의 여인은 살고 있겠지.

_푸쉬킨

사랑한다는 말은

사랑하는 사람이 있습니다
하지만 사랑한다고 말을 할 수 없었습니다
이 마음 모든 것을 표현하기에
사랑이란 작은 단어가
너무도 턱없이 부족했기 때문입니다

세상 모든 사람들은 사랑한다는 말을 쉽게 합니다
하지만 난 당신에게 사랑한다고 말을 할 수 없었습니다
사랑은 명사가 아닌 동사임을 알았기에
말보단 행동으로 당신에게 다가서려 했기 때문입니다

사랑하는 사람이 있습니다
하지만 사랑한다고 말을 할 수 없었습니다
진실한 사랑임을 알았기에
처음이자 마지막인
한 사람을 향한 나의 고백이길 원했기 때문입니다.

_헤르메스

내 마음은

내 마음은 호수요
그대 저어 오오
나는 그대의 흰 그림자를 안고, 옥같이
그대의 뱃전에 부서지리다

내 마음은 촛불이오
그대 저 문을 닫아주오
나는 그대의 비단 옷자락에 떨며, 고요히
최후의 한 방울도 남김 없이 타오리다

내 마음은 나그네요
그대 피리를 불어주오
나는 달 아래 귀를 기울이며, 호젓이
나의 밤을 새이오리다

내 마음은 낙엽이요
잠깐 그대의 뜰에 머무르게 하오
이제 바람이 일면 나는 또 나그네같이 외로이
그대를 떠나오리다.

_김동명

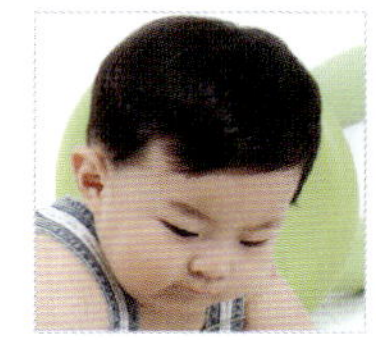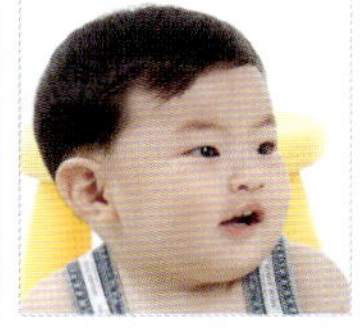

이제는 더 이상 헤매지 말자

이제는 더 이상 헤매지 말자
이토록 늦은 한밤중에
지금도 사랑은 가슴속에 깃들고
지금도 달빛은 훤하지만
칼을 쓰면 칼집이 해어지고
정신을 쓰면 가슴이 헐고
심장도 숨쉬려면 쉬어야 하고
사랑도 때로는 쉬어야 하니
밤은 사랑을 위해 있고
낮은 너무 빨리 돌아오지만
이제는 더 이상 헤매지 말자
아련히 흐르는 달빛 사이를.

_바이런

사랑의 비밀

사랑을 말하지 말아요, 그대
사랑은 말할 수 없는 것
어디서 불어오는지 모르는
보이지 않는 바람 같은 것

나 한때 사랑을 고백한 적 있었지
두려움에 몸을 떨며
내 마음 전부 보여주었지
그러나 그녀는 떠나고 말았네

한 나그네 나타나
알지 못할 어디론가
한숨 지으며
그녀를 데려가 버렸네.

_블레이크

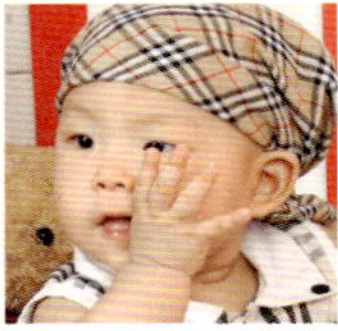

하늘이 허락한 시간

짧았던 시간으로 기억될지라도
하늘이 내게 준
당신을 사랑합니다

당신과 함께하는
고결한 그 시간 동안은
헤어짐을 두려워하지 않을 겁니다

그저 가슴이 타는 순간마다
사랑을 그대로
당신 가슴에 전하렵니다

어떤 시련이 와도
내게 허락된 시간만큼은
오직 당신만을 위해 사랑하겠습니다

내게 남겨진 시간 동안
당신을 위해
모든 사랑을 태우렵니다

하늘이 허락해 준
얼마 남지 않은 이 시간을
하나도 남김없이 당신에게 드립니다.

_린다 새킷

진달래꽃

나 보기가 역겨워
가실 때에는
말없이 고이 보내 드리우리다

영변에 약산
진달래꽃
아름 따다 가실 길에 뿌리우리다

가시는 걸음걸음
놓인 그 꽃을
사뿐히 즈려 밟고 가시옵소서

나 보기가 역겨워
가실 때에는
죽어도 아니 눈물 흘리우리다.

_김소월

당신을 만나기 전에

당신을 만나기 전에는 당신을 만나는 것이
이렇게 크나큰 기쁨인 줄은
정말 몰랐습니다

거리낌 없는 대화와 부담 없는 말투를
완전한 믿음과 용기 있는 경험을 알게 될 줄은
정말 몰랐습니다

나를 줌으로써 더 많은 것을 받을 줄은
정말 몰랐습니다
그리고 사랑한다는 말을 하게 되고
당신에게 그 말을 하게 될 줄은
정말 몰랐습니다

그 한마디 말이 내게 이토록 가슴속 깊이
아련히 울리는지를
정말 몰랐습니다.

_파울라

당신은 내 사랑입니다

이미 당신은 나의 사랑입니다
나의 존재로 인해서 따스함을 느끼고
내가 헤어진 다음에도 온기가 남아 있을 겁니다
그리하여 어느 날 멀리 헤어져 있어도
나와 헤어져 있는 것이 느껴지지 않으면
당신은 이미 내 사랑이 되어 버린 것입니다
내 가까이 있거나 아니면 멀리 있어도
당신은 이미 내 사랑인 것입니다.

_앤더슨

내 사랑은 그대의 것입니다

그대와 함께하는 시간은 내게 아주 특별한 것입니다
그대에게 손을 내밀어 보면
그대가 거기 있을 것임을 알고 있답니다
내게 그것은 온 세상을 의미하죠

그대가 어디 가든
내 마음은 그대와 함께 있으며
어떤 일이 있어도 내 사랑은 그대의 것이에요

그대가 내게 미소지을 때
그것은 그대 마음속으로부터 우러나온 것임을 알지요
또한 다른 그 누구도 하지 않을 일을
그대는 나를 위해 하리란 것을 알지요

내가 해야 하는 만큼
자주 그대를 사랑하노라고 말하지 않는 것은
그것은 내 마음속 깊은 곳에서는
내가 그대를 사랑하고 있음을
그대가 알아주길 바라고 있기 때문입니다.

_리사 위겟

그대 눈 속에

그대 눈 속에
나를 쉬게 해 주세요
그대 눈은 세상에서
가장 고요한 곳

그대의 검은 눈동자 속에
살고 싶어요
그대의 눈동자는
아늑한 밤과 같은 평온

지상의 어두운 지평선을 떠나
단지 한 발자국이면
하늘로 올라갈 수 있나니

아, 그대 눈 속에서
내 인생은
끝이 날 것을……

_다우텐다이

너를 위하여

나의 밤 기도는
길고
한 가지 말만 되풀이한다

가만히 눈을 뜨는 건
믿을 수 없을 만치의
축원,
갓 피어난 빛으로만
속속들이 채워 넘친 환한 영혼의
내 사람아

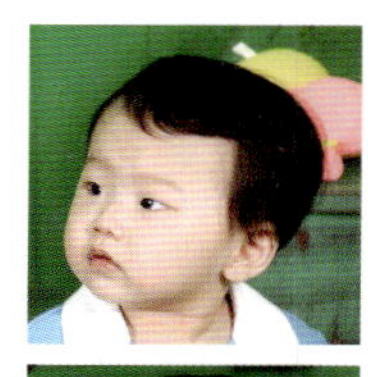

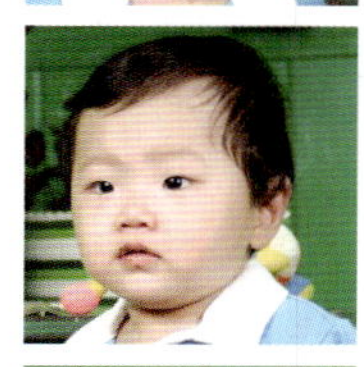

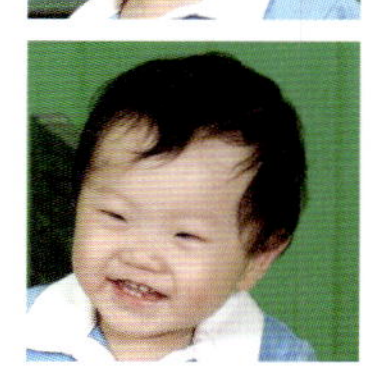

쓸쓸히 검은 머리 풀고 누워도
이적지 못 가져 본
너그러운 사랑

너를 위하여 나 살거니
소중한 건 무엇이나 너에게 주마
이미 준 것은
잊어버리고
못다 준 사랑만을 기억하리라
나의 사람아

눈이 내리는
먼 하늘에
달무리 보듯 너를 본다
오직 너를 위하여
모든 것에 이름이 있고
기쁨이 있단다
나의 사람아.

_김남조

나 그대를 사랑하는 까닭은

나 그대를 사랑하는 까닭은
아무도 그대가 준 만큼의 자유를
내게 준 사람이 없었기 때문입니다

나 그대를 사랑하는 까닭은
그대 앞에 서면 있는 그대로의
내가 될 수 있는 까닭입니다

나 그대를 사랑하는 까닭은
그대 아닌 누구에게서도 그토록 나 자신을
깊이 발견할 수 없었기 때문입니다.

_샤퍼

내가 만일 애타는 한 가슴을

내가 만일 애타는 한 가슴을 달랠 수 있다면
내 삶은 헛되지 않으리라
내가 만일 한 생명의 고통을 덜어주거나
한 괴로움을 달래주거나
또는 힘겨워하는 한 마리의 로빈새를 도와서
보금자리로 돌아가게 해 줄 수 있다면
내 삶은 정녕 헛되지 않으리라.

_디킨슨

목마와 숙녀

한 잔의 술을 마시고
우리는 버지니아 울프의 생애와
목마를 타고 떠난 숙녀의 옷자락을 이야기한다
목마는 주인을 버리고 거저 방울소리만 울리며
가을 속으로 떠났다 술병에서 별이 떨어진다
상심한 별은 내 가슴에 가벼웁게 부서진다
그러한 잠시 내가 알던 소녀는
정원의 초목 옆에서 자라고
문학이 죽고 인생이 죽고
사랑의 진리마저 애증의 그림자를 버릴 때
목마를 탄 사랑의 사람은 보이지 않는다
세월은 가고 오는 것
한때는 고립을 피하여 시들어가고
이제 우리는 작별하여야 한다
술병이 바람에 쓰러지는 소리를 들으며
늙은 여류작가의 눈을 바라다보아야 한다
……등대에……
불이 보이지 않아도
그저 간직한 페시미즘의 미래를 위하여
우리는 처량한 목마 소리를 기억하여야 한다

모든 것이 떠나든 죽든
그저 가슴에 남은 희미한 의식을 붙잡고
우리는 버지니아 울프의 서러운 이야기를 들어야 한다
두 개의 바위틈을 지나 청춘을 찾는 뱀과 같이
눈을 뜨고 한 잔의 술을 마셔야 한다
인생은 외롭지도 않고
그저 잡지의 표지처럼 통속하거늘
한탄할 그 무엇이 무서워서 우리는 떠나는 것일까
목마는 하늘에 있고
방울소리는 귓전에 철렁거리는데
가을 바람소리는
내 쓰러진 술병 속에서 목메어 우는데.

_박인환

당신이 원하신다면

당신이 원하신다면
당신에게 드리리다
아침을
나의 활기찬 아침을

그리고 당신이 좋아하는
빛나는 나의 머리카락과
금빛 도는 나의 푸른 눈을

당신이 원하신다면
당신에게 드리리다
따사로운 햇살 비추는 아침에
들려오는 모든 소리와
근처 분수에서 치솟는
감미로운 물소리들을

그리고 곧이어 찾아들 석양을
내 쓸쓸한 마음의 눈물인
석양을

또한 나의 조그마한 손
그리고
당신의 마음 가까이에
있지 않으면 안 될
나의 마음을.

_아폴리네르

내 사랑은

내 사랑은
장미꽃과 은방울꽃
그리고 접시꽃도 피어나는
아담하고 예쁜 정원 안에 있습니다

아담한 정원은 즐겁고
온갖 꽃이 다 있지요
그것을 연인인 내가
밤낮으로 지킵니다

새벽마다 슬프게
노래하는 나이팅게일새의
달콤한 꿈을 보아요
지치면 그는 쉰답니다

어느 날은 그녀가 푸른 목장에서
바이올렛 꽃을 따는 걸 보았어요
순간이었지만
나는 그만 그녀의 아름다움에 빠져 버렸어요

나는 그녀의 모습을 그립니다
우유처럼 뽀얗고
어린 양처럼 부드럽고
장미처럼 붉은 그녀의 모습을.

_도를레앙

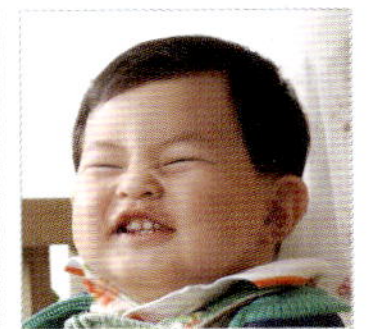

당신을 사랑할 수 있다는 것만으로도

만약
그 누군가를 넘치도록 사랑하는 것이 가능하다면
나는 당신을 그만큼 사랑합니다
나는 당신을 사랑한다고 말하지만
그 말은 어느 순간
내 마음을 아프게도 합니다
왜냐하면 내가 외로움을 느낄 때
당신은 내게 너무 멀리 떨어져 있어
내게로 달려오지 못할 때도 있습니다
당신이 없는 공간이
내게는 너무 크게 느껴져
내 마음의 전부를 차지하고 있는 그만큼
나를 아프게 합니다
그러나 다시 한 번 생각해 보면
잠시 함께할 수 없다는 것은
그리 중요하지 않음을 느끼게 됩니다
내가 당신을 충분히 사랑할 수 있다는 것만으로도
그 사실 하나만으로도
만족해야 한다는 것을 나는 이해하게 됩니다
만약
그 누군가를 영원히 사랑하는 것이 가능하다면
나는 당신을 사랑한다고 감히 말하고 싶습니다.

_캐시 워드

난꽃이 피던 날
할아버지가 말씀하셨습니다
"난꽃 향기가 아무리 좋더라도
사람 향기만 할까!"
"할아버지 사람도 향기가 있나요?"
"그럼, 아름다운 생각을 할 때마다
소슬바람처럼 향기가 나지!"
"그럼 나도 난꽃보다
향기로운 사람이 될 수 있을까?"

_이강조

그대, 그리고 나

우리는 함께 있어야만 합니다
그대, 그리고 나
이토록 우리가 서로를 필요로 하는 것은
꿈과 희망과 내일의 계획을 위한 것 같습니다

우리는 동반자이고 위안자이며
안내자, 친구입니다
사랑이 사랑을 필요로 하는 만큼
생각이 생각을 필요로 하는 만큼

인생은 짧고 빠릅니다
그리고 외로운 죽음으로 달아납니다
우리는 함께 있어야만 합니다
그대, 그리고 나는.

_헨리 알포드

그대는 나의 일부

그대는
나의 일부
내가 살아가는 데
꼭 필요한 한 부분
내가 바라고
소망하는 것은 단 하나
그대 없이
살아가지 않게
해달라는 것

당신을 사랑해요.

_릭 노먼

바로 나이게 하소서

그대와 함께 산길을 걷는 사람이
바로 나이게 하소서
그대와 함께 꽃을 꺾는 사람이
바로 나이게 하소서
그대의 속마음을 털어놓는 사람이
바로 나이게 하소서
그대와 비밀스런 얘기를 나누는 사람이
바로 나이게 하소서
슬픔에 젖은 그대가 의지하는 사람이
바로 나이게 하소서
행복에 겨운 그대와 함께 미소짓는 사람이
바로 나이게 하소서
그대가 사랑하는 사람이
바로 나이게 하소서.

_슈츠

나 하늘로 돌아가리라
새벽빛 와 닿으면 스러지는
이슬 더불어 손에 손을 잡고

나 하늘로 돌아가리라
노을빛 함께 단 둘이서
기슭에서 놀다가 구름 손짓하면은

나 하늘로 돌아가리라
아름다운 이 세상 소풍 끝내는 날
가서, 아름다웠더라고 말하리라.

_천상병

우리는 누군가에게 소중한 사람입니다

누군가가 우리에게
고개를 한 번
끄덕여 주는 것만으로도
우리는 미소지을 수 있습니다

또 언젠가 실패했던 일에
다시 도전해 볼 수도 있는 용기를 얻게
소중한 누군가가
우리 마음 한구석에 자리 잡고 있을 때
우리는 그 어느 때보다
밝게 빛나며 활기를 띠고
자신의 일을 쉽게
성취해 나갈 수 있습니다

우리는 누구나
소중한 사람을 필요로 합니다
또한 우리들 스스로도
우리가 같은 길을 가고 있는
소중한 사람이라는 것을
잊어서는 안 되겠습니다

우리가 누군가에게
소중한 사람이라는 걸
알고 있을 때
우리는 어떤 일에서도
두려움을 극복해 낼 수 있듯이
어느 날 갑작스럽게
찾아든 외로움은
우리가 누군가의 사랑을 느낄 때
사라지게 될 것입니다.

_카이시

당신에게 원하는 것

당신 곁에 있어도
나는
늘 목마른 사막입니다

함께 있어도
나는
타오르는 갈증에 한숨으로 목말라 합니다

그러나 내가 원하는 것은
당신의 삶이
희망과 행복으로 가득하길
바라는 것 뿐입니다.

_칼 조던

나의 사랑은

나의 사랑은
황혼의 수면(水面)에
해쓱 어리운
그림자 같지요,
고적도 하게

나의 사랑은
어두운 밤날에
떨어져 도는
낙엽과 같지요,
소리도 없이.

_김억

사랑의 노래

그대를 사랑하지 않는다면
어떻게 나를 사랑할 수 있을까요?
오직 그대를 사랑하는 내 마음은
영원히 변하지 않을 것입니다

오! 한 줄기 빛도 비치지 않는
어두운 암흑 속에서도
나는 그대를 바라볼 수 있습니다
내 영혼의 눈길로

그대와 나는 바이올린의 현처럼
서로 공명하면서 아름다운 음악을 연주하고 있습니다
그런데 어느 음악가가 우리를 연주하고 있는 것일까요
오, 달콤한 노래여!

그대를 위해
나의 모든 것을 바치겠습니다
머리 끝에서 발 끝까지
나는 온통 그대만의 것입니다.

_릴케

당신을 사랑합니다

당신을 사랑합니다
그리고 당신의 사랑을 기다립니다
그러나 당신이 나보다 더
당신 자신을 더욱더
사랑하기를 기원합니다

당신은 나를 위해서
너무나 많은 수고를 합니다
그리고 당신은
그 대가를 바라지 않으며
늘 내게 행복하다고 말합니다

당신은 내게 있어
정말 좋은 사람입니다
나보다 더욱더
나를 사랑해 주는
사람이기 때문입니다.

_칼슨

동천(冬天)

내 마음속 우리 님의 고운 눈썹을
즈믄 밤의 꿈으로 맑게 씻어서
하늘에다 옮기어 심어 놨더니
동지섣달 날으는 매서운 새가
그걸 알고 시늉하며 비끼어 가네.

_서정주

은찬아
사랑해♥

세 가지 사랑

마음속에만 두고 있는 것만으로는
사랑을 다할 수는 없습니다

가슴을 내미는 것만으로도
사랑을 다할 수는 없습니다

입으로 말하는 것으로도
사랑을 다할 수는 없습니다

이 모든
세 가지가 동시에 이루어져야
온전한 사랑이라 말할 수 있습니다.

_라로시푸코

사랑이란

사랑이란
보이지 않는 것을 보게 하고
들리지 않는 것을 들리게 합니다

사랑이란
갈 수 없는 곳을 가게 하며
할 수 없는 일을 하게 합니다

사랑이란
살아 있는 나를 보지 못하고
이미 죽어 버린 그를 동경하게 합니다

사랑이란
고통의 무게를 덜어가는 것이며
끝이 보이지 않는 벌판에서 찾아 헤매게 되는 것입니다

사랑이란
나를 부르는 다른 이의 목소리를 듣게 하고
나를 부르는 내 목소리는 듣지 못하게 합니다.

_라즈리쉬

행복도 습관

아침에 눈을 뜨면
바라볼 수 있는 한 사람이 있다는 것이
내겐 얼마나 큰 행복인지 모릅니다

하루 종일을
한 사람 생각만으로도 가슴 벅차 오르는 것이
내겐 얼마나 큰 행복인지 모릅니다

잠을 자면서도
꿈꿀 수 있는 한 사람이 있다는 것이
내겐 얼마나 큰 행복인지 모릅니다

이렇게 내겐 행복도
이미 오래된 습관.

_신현운

THE
OFFICIAL
SOFT DRINK
OF
MAJOR LEAGUE BASEBALL
PEPSI

내가 그대를 사랑하는 만큼

가끔씩
나는 이런 생각을 합니다
내가 그대를 사랑하는 만큼
그대가 나를 사랑하고 있을 것이라고
이것은 그대의 사랑을 의심해서가 아니라
내가 그대에게 어떤 의미를 갖는지
너무나 잘 알기 때문이지요

이런 불안한 생각이 떠오를 때
내가 할 수 있는 것은 오로지
그대에게 나를 안고서
나를 사랑한다고
말해 달라고 매달리는 것뿐입니다.

_잰 브레이

기억하라,
사랑하는 이가 있다는 것을

내가 원하는 것은
당신의 삶이
희망과 행복으로 가득하길
바라는 것 뿐입니다.
_칼 조던

신준서 (2004.10.05.)

이지은 (2004.04.14.)

이진호 (2002.12.03.)

이정민 (2004.09.07.)

강주희 (2006.08.10.)

김재민 (2004.03.30.)

신은찬 (2008.02.15.)

김희원 (2007.11.12.)

이서아 (2004.08.31.)

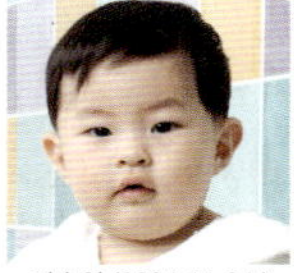

이승헌 (2004.11.04.)